낮에
뜨는 달

낮에 뜨는 달 · 2

만화 헤윰

arte POP

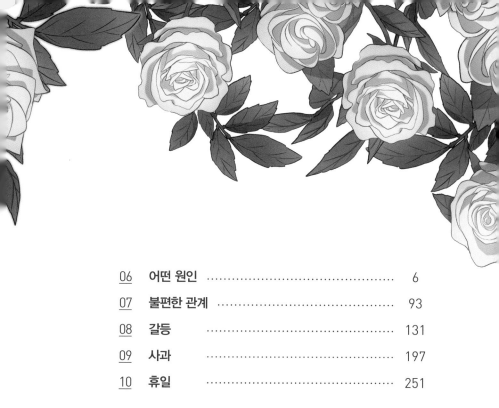

06
어떤 원인

아무것도
기억 안 나?

하나도?

그러니까 말했잖아.
이런 건 아무 효과도
없을 거라고.

이런 것보다 같이 있는 게
훨씬 도움될걸.
우린 서로 영향받고
있으니까.

누나도 내가
옆에 있는 게
안심되지 않아?

다른 책 가져다줄 테니
더 읽어 봐.
뭐든 생각이 나겠지.

누난 나랑 같이 있는 게 싫어?

...

왜?

자기가 대가야 시대에 살다가 천도 못한 귀신이라고 주장하는 사람이랑 누가 같이 있고 싶어 해.

확

그럼 어떻게 하면 나랑 같이 있을 건데?

아!

...

네가 날 밀치고 협박하고 화를 내는데 어떻게 너랑 있는 게 편할 수 있겠어?

그땐 나도 불안해서 그랬어.

난 계속 죽어 있었단 말이야. 감정적인 부분이 잘 제어되지 않는다고.

…감정적으로 제어되지 않을 땐 날 밀어붙이고 협박하고 싶단 소리야?

…

휙

…그.

그리고 지켜 주겠다고도 했잖아.

네가 거짓말을 못한다는 건 잘 알겠다.

9

돌발 상황에선
표정 관리가
안 되는걸….

원래 신뢰는
잃는 것보다 얻는 게
더 힘든 거거든?
자업자득이야.

어쨌든
도와주기만 하면
되는 거잖아.

난 도와주면
끝이 아닌데.

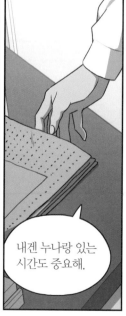

내겐 누나랑 있는
시간도 중요해.

천도만큼이나….

신문은
돈 내고 봐야지.

그러다
구겨지면….

…?

여기
이 사진….

사진?

11

이 영정 사진,
그때 골목길에서 본…

아…

그리고 보면
애도 천도를
못한 거잖아?
왜 그런 거지?

관심 없어.

죽는다고 모든 사람이
다 귀신이 되는 건
아닌 거 아냐?

다른 사람이
귀신이 된 이유를
알아보면 네가 죽은
이유도 유추할 수
있을 거 같아서.

그러니까 얘는
사고사로 죽었으니까…

하교길에 실족아이가 ……………… 않았던 부문이 지
공원의 정비가 충실히 되지 않았던 부문이 지
보상 …… 지급하기로 결정하였습니다. 이에 이 군
…… 않다음…사건이 다시는 일어나지 않길
……의 늦은 귀가도 원인 중 하나로 보여진다
……학교는 이와 같은 사고가 발생한 것이 유감이
…… 관리로 통해 안전을 정비하겠다고 발표하

명을 다 못 살고
가면 귀신이
된다거나.

이 녀석,
사고로 죽은 거
아니야.

기사엔 사고라고
나와 있는데? 네가
그런 걸 어떻게 알아.

그래서 귀신이라도
찾아다니게? 어떻게
죽었는지 물어보면서?

무서워···

···다른 방법을
생각해 보자.

까꿍!
언니 왔다!

덜컹

앗···

13

이 얘긴 이쯤 하자. 준오 넌 집으로 가 봐.

응? 난 누나랑 더 있다가 갈 건데?

집에서 걱정하시겠다, 얼른!

누나랑 같이 있다고 연락하면 되잖아.

뚝뚝

나 일하는 중!

타악···

저긋

쟤가 준오야? 귀엽게 생겼네~.

이상하게 군다고 어쩔 줄 모르겠다더니 알바하면서 데이트 중이셔써요? 민오는 어쩌려고 이러시나!

잠깐 볼일 있어서 온 거야··· 너야말로 웬일이야?

당연히 야식 사러 왔지!

계산해 주세용.

와르륵

전부 인스턴트…. 몸 망치겠다.

맨날 먹는 것도 아닌데, 뭐.

어, 이거!

지원 선배 기사 났네.

부스럭

지원 선배?

최근에 경덕고 애 실종됐던 거 지원 선배 동생이잖아.

여기, 영정 안고 있는 사람.

마을 신문이라 그런가! 이런 기사도 크게 나는구나.

ㅇㅇㅇ~.

꾸욱~

요새 슬슬 춥네! 난 밀크 커피.

한민오가 사는 거면 난 캔 커피.

난 콜라.

난 블랙….

안 사.

삑

밥 먹자마자 수업 들어가려니 진 빠지네.

난 다음 강의 정 교수님인데 식곤증 어쩌냐.

다들 이제 점심 먹었어?

지원 선배.

오랜만이다.

16

그럼 지금
휴학계 내러
오신 거예요?

10월인데
휴학이 되나?
등록금 반환도
안 될 텐데.

신청할 때
사정 설명
잘 해야지.

이제 졸업도
코앞인데 아깝게….

그냥 내가 쉬면서
여행이라도 하고 싶어서.

겨우 수사도
종결됐고….

최근에 경덕고 애
실종됐던 거,
지원 선배 동생이잖아.

피곤해
보이네….

저희는 수업
이쪽으로 갑니다.
형 이따 같이
술이나 한잔해요.

그러자.

점심 시간
끝날 때까지
기다려야 되죠?

어어.

저 시간
좀 있으니까
같이 기다리죠.

…이제 다
정리된 거예요?

17

어. 내가 할 일도 별로 없더라.

경찰들 질문에 대답이나 하고 장례 절차나 밟고.

아, 끼어들기 어려운 화제가…

차라리 뭘 더 할 수 있는 게 있었으면 좋았을 텐데.

그러고 보니 민오 너도 동생 상 치를 뻔했다며? 동생은 좀 어때?

많이 좋아졌어요.

건강할 때 잘해 줘라.

네…

영화야.

민오는
지원 선배 일이
남 일 같지 않겠지….

그러고 보니
준오가 그때….

이 녀석,
사고로 죽은 거
아니야.

강영화!

와!!

어어…
왜?

수업
이쪽이라니까
왜 대답이 없어?

민오 얼굴만
뚫어져라…

으아아!

농담도 참,
하하하하!

그럼 우린
이쪽으로 갈게요.
나중에 봐요, 선배.

나중에
봐요.

너희도 이따
같이 술 마실 거야?

난
알바 있어서
패스!

저는
갑니당!

그럼
수업 끝나고
연락해.

오냐,
나중에 봐!

너랑 영화…
아직
안 사귀는 거야?

저희 그런 사이
아니에요.

그런 말하지 마세요.
영화가 무안해하니까.

무안해한다고…?

어제는 동생이더니 오늘은 형한테 말이야~!

형제를 갖고 놀다니 요고, 요고, 요고~!

그러니까…

아까는 물론이고 준오랑도 그런 거 아니라고!

너무 놀렸네.

그래도 준오가 너 좋다고 쫓아다니는 건 맞지? 누나, 누나 하면서.

좀… 달라.

준오랑은 지금 엮인 상황이 특수한 거야. 그리고 좀 전엔…

좀 전엔?

만약…

지원 선배 동생이 사고로 죽은 게 아니라면 어떻게 해야 하나 싶어서.

사고가 아니라니?
그거 종결 난 거
아니었어?

그러니까 말이야.
선배 기껏 마음 정리
하셨을 텐데,
정확하지도 않은 일로
다시 조사 들어가면…

아니, 그건 아니지!
미심쩍은 게 있으면
바로 경찰한테
말하는 게 맞지!

핫!

너 뭐
짚이는 거 있어?

있긴 한데….

그럼 바로 경찰에….

아니, 아니. 아직 심증도 부족하고 성급하게 끼어들 일도 아니니까!

사고사가 아니라고 말한 건 준오고.

좀 더 상황 보고 확신이 들면….

휴학하고 여행 가시면 한동안 못 보겠네요.

웅성 웅성

그러게.
나 복학할 때쯤엔
너희가 졸업했겠네.

여행 어디로
가실 건데요?

그냥 일단
멀리 가고 싶어.

국내 좀 돌다가
해외로 갈까
싶기도 하고….

돈이 그만큼
돼요?

공원 측에서
보상금 나온 게
좀 있어….

잠깐만.

덜컹

….

나도
잠깐만.

탁

지원 선배 오늘은 술 좀 덜 드시겠지?

아무렴 이럴 때 퍼마시진 않겠지.

술 마시잔 얘기 네가 했으니까 뒷수습 네가 해라.

뒷수습?

민오 너 지원 선배랑 술 많이 안 마셔 봤냐?

저 선배 취하면 성질 나오잖아.

장난 없어. 진짜로!

나연이 너도 한 대 피우게?

아뇨.

담배 피우시는지 몰랐네요.

평소엔 잘 안 피워서.

오늘은 오랜만에 술 마셔서 그런가 좀 땡기네.

25

언제 마지막으로
드셨는데요?

동생
실종되던 날.

그날 마시면
안 되는 거였어.

…그 일 말이에요.
경찰에 재수사
요청해 보는 게
좋지 않을까요?

어쩌면
사고사가
아닐지도
모르고…

사고사가
아닐지도 모르다니?

…영화가 좀 더
확실해지면
선배한테
말하겠다고 하긴
했는데요.

영화가…

선배 여행 가면
재수사 요청할 가족이
없어지는 거잖아요.

뭘
보기라도
했대?

그래서 그때 이놈이 분위기 전환한답시고,

아버지가 의사이시라면서요?

집에 돈 많으시겠네요, 이런 거야!

아, 긴장해서 헛소리 나간 거라고!

그래서 소개팅 또 망친 거야?

아, 진짜! 너희들은 소개팅 나가면 잘할 거 같냐?

너보단 잘할 듯.

오, 형! 잘됐네. 이제 딴 얘기하자, 딴 얘기.

뭔데! 뭐 재밌는 얘기하고 있었어?

동진이 놈 소개팅.

딴 얘기!

아, 그거 나도 알아.

집에 돈 많으시겠네요~!

누가 소문냈냐?

누구겠어?
윤주 언니가 너 소개팅
괜히 시켜 줬다고
난리던데.

사람이 실수도
하는 거지!

내 소개팅
신경 쓰기 전에
너희들 취업이나
좀 신경 써라.

덜덜덜...

덜덜

헉

선배? 어디
안 좋으세요?

지원 선배….

슥

아….

술버릇
또 시작이냐….

어디 안
좋으면
들어가서
쉬어요, 형.

깜빡한 게…
있어서….

아니….
아냐, 그냥…

할 일도
있고….

난 먼저
일어나야겠다.
잘들 놀다 가라!

혼자 갈 수
있겠어요?

괜찮아,
신경 쓰지 마!

뭐야, 또
왜 저래?

새 술버릇 아냐?
술 먹다 집에 가기.

요즘 힘드셔서
그런가…?

31

경찰에 재수사
요청해 보는 게
좋지 않을까요?

타닥...

...영화가 좀 더
확실해지면
선배한테 말하겠다고
하긴 했는데요.

내가 왜
집에 들어오기
싫어하는지
알아?!

형
때문이야!

형도 아빠랑
똑같다고!

터엉—

사고였어….

그건
사고였어!

힉

좋은 아침.
어젠 잘 놀았어?

그래도 오랜만에
다 같이 한잔하니까
좋더라.

나도 같이 놀게
주말에 한번
모여야겠다.

어. 파장 때 분위기가
별로이긴 했지만.

아, 그리고 보니
나연이가
무슨 말 안 해?

응?

아무 말도
못 들었는데.

어제 지원 선배랑
둘이 나갔다 오더니
지원 선배가 좀
이상해져서, 둘이
무슨 일 있었나 해서.

아무것도 못 들었는데….
별일 아니겠지.

그래….

….

35

아, 맞다!

나 지난번에 과제 못 낸 거 과사에 제출해야 하는데.

리포트 지각했어?

제출 일을 헷갈려서… 개인 과제는 이래서 문제야.

네 날짜 감각의 문제가 아니라?

어휴….

아무튼 먼저 강의실 가. 리포트 내고 갈게. 자리 좀 맡아 주고.

그래.

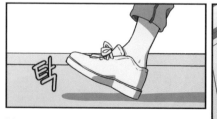

탁

시간 아슬아슬하네…. 강의에 늦겠다.

강영화.

어?
지원 선배.

오늘도 나오셨네요?
아, 저 지금
볼일이 있어서…
나중에 봬요!

잠깐만!

안 그래도
너 찾고 있었어.
나랑 얘기 좀 해.

나중에 하면 안 돼요?
저 리포트 내고
강의 들어가야 하는데.

뭐야! 무섭게 왜 이래!

선배한테 잠깐도 시간 못 내냐?!

으익…

아프니까 제발 팔이라도 놓고 말해요!

네가 자꾸 고집부리니까 그렇지!

내 말 좀 들어 보라고….

억…!

!

그, 일부러 밟으려고 한 건 아닌데…

아, 아무튼 죄송해요, 선배!

헉…헉

오,
수업 시작 전에
도착했네!

교수님
금방 오셔.
얼른 앉아.

아야!

이거 아직
아프네….

?

어디
다쳤어?

오는 길에
좀 이래저래….

타

악...

뭐야, 이거?

누가
이랬어?

지원 선배가?

지원 선배가 갑자기 왜?

몰라, 갑자기 할 말 있다고.

바쁘다는데도 안 놓잖아. 무섭게.

!

그…, 그거 나 때문인 거 같은데.

응?

어제 술자리에서 금방 여행 간다고 하시길래,

경찰에 재수사
요청하시라고…
네 얘길 좀 해서….

무슨 소리야?
경찰?

그걸
말했단
말이야?

확실해지면
말씀드린다고 했잖아!

미안, 미리
물어봤어야
했는데.

여행 서두르시는
거 보니까 빨리
도와드리는 게
낫겠다 싶더라고….

도와?

날 도와줘.

네가 아니라
내가 해야 하는
일이잖아!

그렇게 쉽게
도우려고
하지 마!

…

왜 이렇게
시끄러워?
수업 시작합니다~!

요새 뭐
스트레스 받는 일
있어?

…별로.

평소답지 않게
엄청 화내던데.

도울 생각이
없었던 건 아닌데,
선배랑 나연이가
그런 식으로 나오니까
화나더라.

날 도와줘.

누나만 잘 도와준다면
아무 일도 없을 거야.

…난 누굴
도와줄 만한 사람은
못 되는 거 같아.

다른 사람을
돕는 게 억지로
될 일은 아니지.
지원 선배는
난폭하게 굴기도
했고….

하지만 나도
준오 일이었으면
이성적이진
못했을 거야.

응…

누구라도
그렇겠지.

…난
다음 수업
들어가 볼게.

응.

혹시 오늘 밤에
편의점 대타
해 줄 수 있어?

지원 선배
010-2310-0000

네, 선배.
무슨 일이세요?

민오 너
지금 영화랑
같이 있어?

아뇨.

어디 있는지는
모르고?

무슨 일이신데요?

그냥 할 말이 있어서
강의실까지 왔는데
벌써 나간 거 같길래.

그럼 영화
전화번호
좀 가르쳐 줘라.

영화 팔에
멍든 거,
선배가 그랬죠?

뭐?
무슨 소리야?

팔목
멍이오.

연락해 달라셨다고
영화한테
말 전해 드릴게요.

많이 놀랐으니까
선배도 사과하시는 게
좋을 거 같아요.

51

사귀는 거 아니라더니 남자 친구 행세는 다 하는구나, 너. 원래 그렇게 시시콜콜 갖다 일러바치나 보지?

영화가 말한 게 아니라 제가 봤어요. 아까 학과 앞에 계셨잖아요.

그래서 뭐… 내 얘기 더 안 했어? 내 동생 사고 얘기라든가, 안 했어?

영화가 말한 거 아니라니까요. 그리고 그런 얘길 왜 하겠어요?

하… 하하. 그래, 안 했으면 됐어. 전화번호 안 가르쳐 줄 거면 끊는다.

선배 무슨 일 있으셨어요?

선배?

하아.

나연
미안...

아직 기분 안 풀렸어?

괜찮아, 신경
쓰지 마. 그냥
내가 요새
피곤해서….

괜찮아 신경...

그냥 내가 요새 피곤해서...

지원 선배랑은 내가 한번 얘기해 볼게

후….

다른 사람이
귀신이 된 이유를
알아보면 네가 죽은
이유도 유추할 수
있을 것 같아서.

긍정적으로
생각하자.

긍정적으로!

그래, 부담스럽긴 해도
이번만 잘 넘기면
뭔가 풀릴지도 모르잖아.

이제야 나한테
시간 좀
내 줄 건가 보네.

아까 발 밟아서
죄송해요, 선배.
진짜 너무 급해서.

됐어.
너도 팔
멍들었다며.
민오가
사과하라고
난리더라.

민오가요?

멍이 좀 들긴
했지만 그런
정돈 아닌데….

아무튼,

내 동생 일에 대해서
네가 오해하고 있는 거
같아서 얘기 좀
하고 싶었어.

오해요?

임나연한테 사고 났을 때 뭘 봤다고 했다며.

네? 봤단 말은 안 했는데요!

전 그냥 선배 동생이 사고 때문에 그런 게 아닐지도 모른다고만….

사고였어.

그건 사고였어! 사고였다고!

여기저기 이상한 오해 만들지 말라고 부른 거야!

쓸데없는 소리 하고 다니지 말라고!

…선배한테 안 좋은 얘기 멋대로 해서 죄송해요.

하지만 저한테 말씀하실 게 아니라… 이따 누가 오기로 했거든요.

…누굴 불렀어?

누가 오는데?

내가 너한테 뭐 해코지라도 할 것 같냐? 사람을 왜 불러?

경찰이냐?

아니면 한민오야?

네?

무슨 소릴….

잠깐만요, 지금 거의 다 왔을 거예요.

내가

좋게 좋게
얘기하려는데
자꾸 남의 동생
얘기나 흘리고
다니고…!

재밌냐?!
좋아?!

강영화!

지금 그거
무슨 소리야?
옆에 누구 있어?
선배야?!

뚜―
뚜―

뚜―!

어째 예감이
영 안 좋은데….

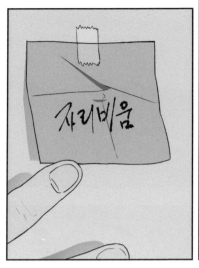

이럴 생각은
없었는데!

그러게 처음부터
내 말 잘 들었으면
됐잖아!
괜히 헛소문이나
퍼뜨리고 다니니까….

살짝 친 정도로
기절이나 하고.

이대로 깨면….

고작 한 대 가지고
경찰서 가자
그러는 거 아냐?

그러다
그 자식 죽은 거까지
재조사하게 되면?

일단 묶어 놓자.
못 나가게 해야 해.

덜컹

슥

아, 머리
아파….

어라? 내가
어디에 있는 거지?

부스럭

부스럭

아까 분명
지원 선배랑….

이런 식으로
해도 되나?
별문제 없겠지…?

부스럭…

?

응? 영화 오늘 지원 선배 만나는 거 맞는데, 왜?

외삭

지금 둘 다 전화를 안 받아. 혹시 어디서 만나는지 알아?

그런 거 알아서 뭐 하게~. 집착하는 남자는 매력 없다, 너.

탁

나 하나만···.

아, 치사하게! 이 돼지야!

그게 아니라, 영화한테 전화 걸었는데 누구랑 싸우는 소리가 들리더니 끊겼거든.

싸우는 소리라니? 어땠는데?

글쎄, 상대방 목소리가 지원 선배 같았는데···.

좀 불안해서 편의점 문 닫고 찾으러 나왔어.

앍고 와악

그럼 지금 영화네 편의점 근처야?

약속 장소가
거기서 가까울 거야.
왜 거기 근처에
기념 공원 하나
있지 않아?

…어.

기
념
공
의

그쪽 한번
찾아보고
연락할게.

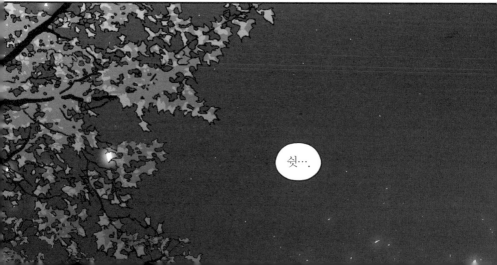

쉿….

조용히 있어.
제발 조용히 있어.

덜컹

드드드ㄷㄷㄷ…

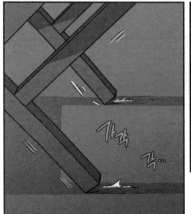

가각

각…

꽈악

풀려라….

나도 이러기 싫어…. 그러니까 좀 조용히 있어라, 응?

저한테 대체 왜 이러시는데요. 선배…

뭔지 몰라도 제가 잘못했으니까 일단 얘기 좀 해요, 네?

이미 늦었어.

이게 방음이 잘 돼야 할 텐데….

타닥

대충 다
둘러본 것 같은데….
이 근처엔 아무도
없는 것 같네.

얶!

영화
휴대폰?

꺅!

!

확

왜…,
왜 자꾸
이런 이상한 일에
휘말리는 거지….

정말 이러고
싶지 않았는데,

전부
네 탓이야.

덜컥

얘기 좀 하자고 했을 때
했으면 좋았잖아.

그만두라고 했을 때
그만두면 좋았잖아.

조용히 하라고 했을 때
조용히 했으면
좋았잖아!

이 안에서 들린 건가?

설마 여기에 있는 건 아니겠지….

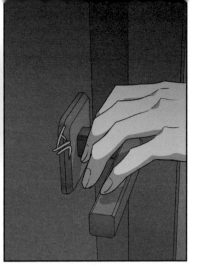

철컥

확

강영화,

어디 있는 거야.

터엉⋯

누나!

괜찮아?
어디 봐 봐.

욱⋯

윽, 으흑⋯

뒤⋯

그러게 내가
말했잖아.

상관하지
않는 게 좋을
거라고.

뒤⋯!

뭐, 뭐야.
너….

손부터
풀어 줄게, 누나.
답답했지?

너 뭐냐고!

저년이 불렀다는 게
너야?! 저게 무슨 말을
했는진 몰라도
다 헛소리야!

그건
사고였다고!

거짓말.

네가
죽였잖아.

대체 무슨 근거로
내가 죽였다고
생각하는지는
몰라도 틀렸어!

실족하면서 부딪친
난간이 부서져서
떨어진 거라고
발표 났다고!
경찰이 호구냐!

하지만 거기에
너도 있었다는 거
아는 사람은 없지?

너한테 맞아서
넘어진 거란 것도
아는 사람 없지?

네 동생은
네가 죽인 거야.

너 이 새끼, 거기 서!

너 뭐라 그랬어! 너 지금 나한테 아빠랑 똑같다 그랬냐?

매일 술이나 마시고 사사건건 손 올라가는 거 뭐가 다른데?

이 새끼가!

…내가 왜 맨날 학교에 박혀 있는데! 형 때문이야! 형이랑 마주치기 싫어서라고!

그래….

죽이려고
했던 건
아니야….

그래도 결국
죽인 건
형이잖아.

형이 날
죽였잖아···.

울렁

으

으,
으아···.

펄썩!

자, 이거라도 좀 마셔요.

감사합니다.

오늘은 댁에서 쉬시고 나중에 조서 쓰러 오세요.

네.

누나.

…어, 응?

괜찮아? 얼굴 아프지.

괘, 괜찮아. 이제 별일 없겠지.

어….

후두둑…

이, 이거
진짜….

뚝뚝   뚝...

괜찮아.

이제 아무 일도
없어. 내가 누날
지켜 준다고 했잖아.

이번에는
절대…

다른 사람 손에
죽게 하지 않을게.

07
불편한 관계

영화야.

끔틀

오늘 수업
쉴래?

응….

몸은 좀
괜찮아?

괜찮아.

어때?

안 괜찮아
보여.

탁

당분간
집에서 쉬게
해야겠어.

우리끼리 가자.
영화는 오늘 쉰대.

학교 안 가?

어제 그런 꼴을
당했는데,
나가기 싫겠지.

그럼 나도
누나랑 같이
쉬어야겠다!

너
안 돼.

안 그래도 올해
결석 많은데
그러다 2학년
한 번 더 다닌다.

다니지,
뭐.

이슬이인가
하는 애랑은
잘 지내?

…아, 뭐
그럭저럭.

그럼 영화 쫓아다니는 거 그만두지? 나중에 오해 산다.

어제도 그렇고 요즘 과하게 붙어 다니던데.

형이랑 상관없잖아?

왜 상관이 없어? 넌 내 동생이고….

저벅

….

영화 일인데.

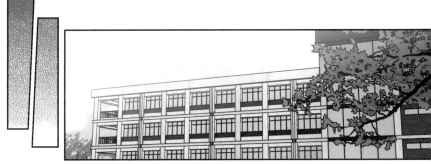

야, 야, 야!
너희들 그거
들었냐?!

덜컹

얼마 전에 죽은
개 있잖아!
이지훈인가 걔,
형이 죽인 거라며?!

목격자도 죽이려다 잡혔다던데
그 목격자가 우리 누나 친구래!
대박!

그런 말 좀
하고 다니지 마.

왜? 뭐
귀신 붙고 그럼?

아니…,
우리 학교
애잖아.

…좀 그런가?

임의찬!
노트!

오!

야, 야!
너 그거 들었냐?!

후닥닥

따★악

…그리고 보니 나 그 지훈이란 애 몇 번 봤었어.

행방불명된 뒤에.

근데?

혹시 너도 복도에 서 있는 거 봤나 해서.

…

원래부터 학교에 붙어살기로 유명한 애던데,

형이랑 그런 일도 있었다니 어지간히도 집이 싫었나 봐.

여기에.

같은 학교 애
애기 안 하는 거
아니었어?

…헛소리.

윽!

에취!

으…, 정말
가지가지 한다.
몸살기까지….

엄마도 오늘은
안 들어온다는데…
밥 먹기도 귀찮고….

혼자 있는 것도
무섭고….

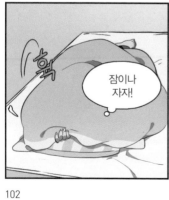

잠이나
자자!

딩동

?

뭐 하느라
이렇게 문을 늦게
여나 했더니…

집에서 왜
그러고 있어?

갑자기 오니까 그렇지!
얼굴 많이 부었단 말이야.

그래서
얼굴
가린 거야?

아줌마가 아무 말 안 하셨어?
엄마한테 너 밥 챙겨 주라고
하셨다던데.

아무 말도
안 했어!

밥 정돈
내가 챙겨
먹을 수 있는데
엄만 진짜….

꿍…

걱정되셔서
그렇지.

열날 때
머리에 뚜껑 달고
있는 거 아니야.

악….

확!

죽 식었으니까 데워 줄게.
먹고 나서 좀 누워.

내가 챙겨
먹는다니까!

기껏 해야
전자레인지
돌리는 건데,
뭐.

삭

삭

….

…고마워.

풀썩

얼굴 부기 가라앉으면
같이 영화 보러 갈까?
준오 신경 써 주는 대신
영화 보여 주기로
했었잖아.

부스럭

신경 많이 써 줬는데 진작 보러 가자고 할 걸 그랬네.

별거 안 했는데 뭐….

준오는 여전히 이상하고, 나 때문에 다치기까지 하고…

신경 써 준 걸로 충분해. 그리고…

준오가 다친 건 싫지만

너한테 큰일이라도 생겼으면 더 싫었을 거야.

준오가 다친 정도에서
그쳤으니까 다행이잖아.

…영화 언제
보러 갈까?

어?
문 열려 있네!

엄마가 뭐 더
갖다 주래서
심부름 왔어!
뭐 하고 있었어?

내가 뭐
방해한 거
아니지?

…아냐,
들어와.

학교 마치고
바로 온 거야?

응.

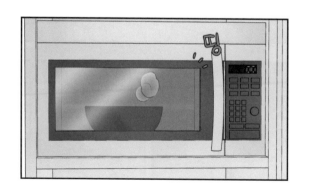

약 챙겨 먹는 거
잊지 말고.
무슨 일 있으면
전화하고.

너까지 애
취급하기야?

모처럼 누나 혼잔데
난 좀 더 있다 갈까?

이상한 소리
하지 말고 가라!

준오가
그런 말
하는 거
안 어울려.

...응,
'준오'는 이런 말
안 하지.

어쨌든 어제 일로
확신한 게 있어.

확신?

누나도 곧
날 필요로 하게
될 거라는 거.

저렇게 나오면
불안하단 말이지….

업보입니다.

맴칫…

아가씨의 업보가
아가씨의 뒤를
쫓는 겁니다.

대체 내가
무슨 업보를
쌓았다고….

아, 몰라!
가뜩이나
머리 아픈데….

그때 죽었어야 했어….

?!

어?

비틀

으…

갑자기
두통이…

쿵

심해져….

위청

영화한테
마음 있으면
솔직히 말해도 돼.

…뭐?

잘 생각해 보면
처음부터 이상했지.

죽었다 깨어나는 동안
어떤 심경의 변화가
있었을지 모르는 건데

네가 관심 있는 애가
있다고 했었으니까
생각이 못 미쳤네.

영화
좋아하지?

좋아하다니
내가 왜…!

…

난 누나가
필요한 거야.
누나도 내가
필요할 거고.

뭐라고 생각하든
상관없지만,
방해만 하지 마!

…그럼 됐네.

타박

슥

네가 영화를
좋아하는 게
아니라면

서로 방해될 일은
없을 테니까.

네가 영화가
필요하다고
말한 건…

누나…

준오야?

너 지금
뭐 하는 거야?!

문을 부수면
어떡…

누나!

누나…

이마가 불덩이잖아···.
구급차 불러야겠다.

···준오
너,

영화가 쓰러진 건
어떻게 안 거야?

숨 막혀….

숨 막혀!

거기서 보고 있지만
말고 도와줘요.

도와줘….

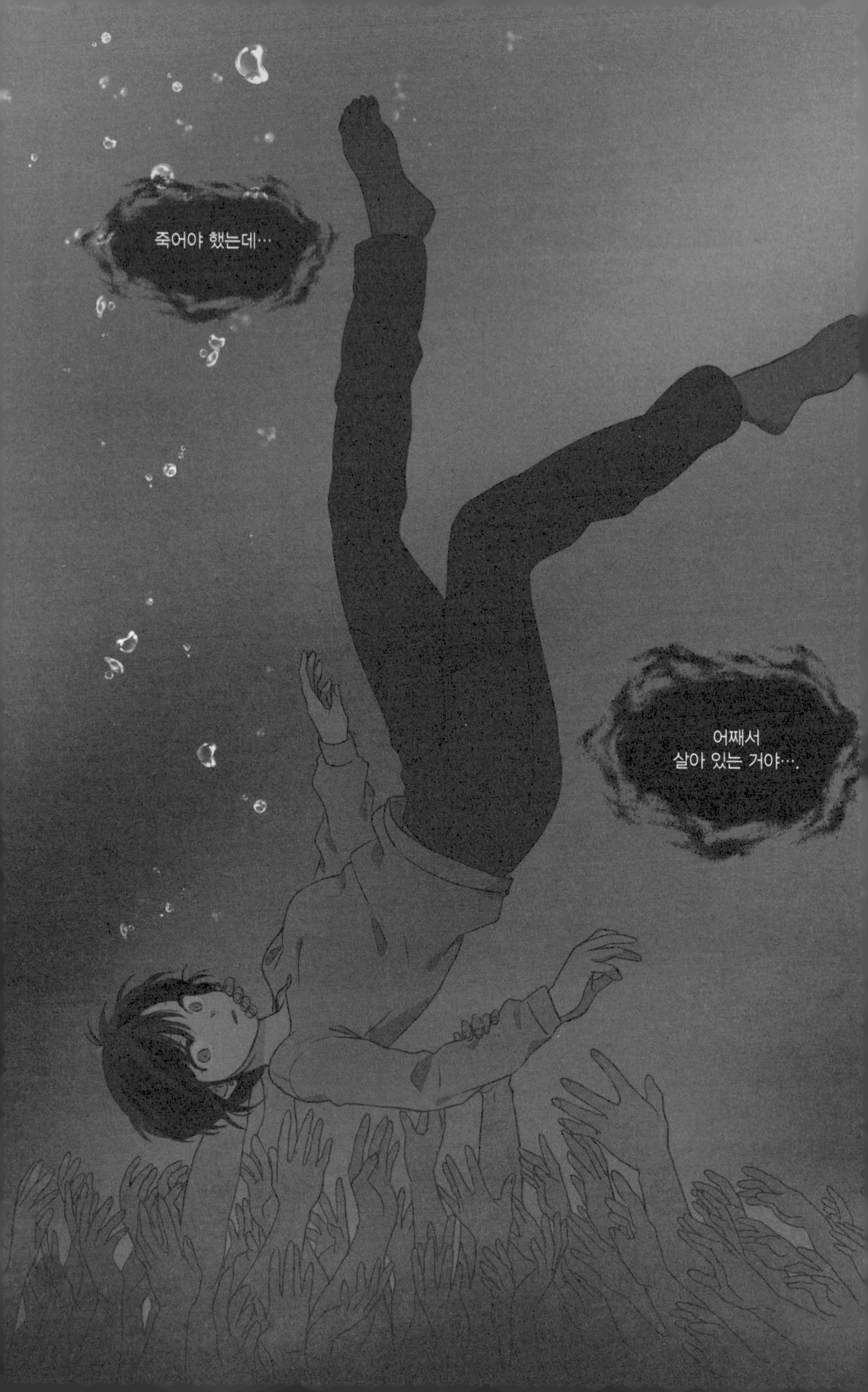
죽어야 했는데…
어째서
살아 있는 거야….

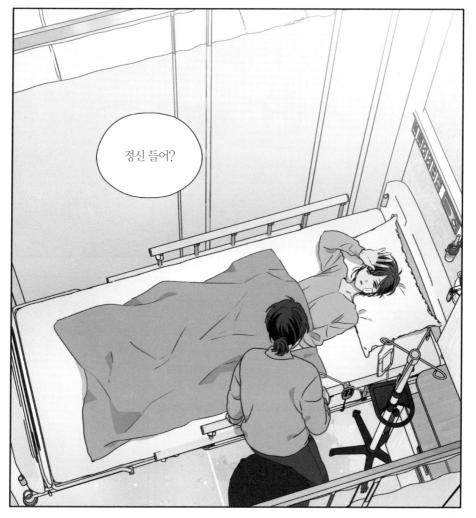

민오가 구급차
불렀다고 전화했어.

끄욱…

의사가 그러는데
몸에 이상 있는 건 아니고,
정신적으로 충격받은
상태에서 몸이 약해져서
그런 거래.

역시 엄마가 오늘은
나가지 말 걸 그랬네….

그래서
밖에서 연락받고
병원까지 온 거야?

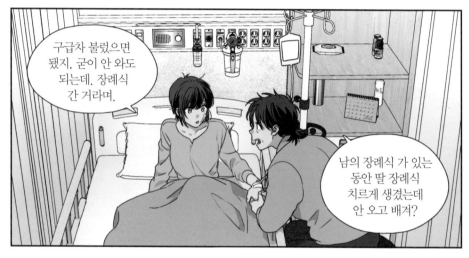

구급차 불렀으면
됐지, 굳이 안 와도
되는데. 장례식
간 거라며.

남의 장례식 가 있는
동안 딸 장례식
치르게 생겼는데
안 오고 배겨?

내가 못 살아,
진짜….

링거마저 맞고
아빠 오면
차 타고 가자.

응….

걱정하게 해서
미안해.

미안한 줄 알면
정신 바짝 차리고
아프지 말아!

…구급차 민오가 부른 거면
지금 민오는 어디 있어?

우리 집 문 열고
들어가다가
현관을 부쉈다나….

그래서 집 비었는데
문 부수고 나올 수 없다고
병원엔 너만 보냈어.

눈 좀 더
붙여….

꿈자리도
뒤숭숭하고…

더 자고 싶지
않은데….

누나도 곧 날 필요로 하게 될 거라는 거.

어쨌든 어제 일로 확신한 게 있어.

그 말은…

내가 준오의 도움이 필요해질 거란 뜻인가….

삐걱

이 문이에요.

문이 낡은 것 같은데
신경 써서 봐주세요.

어디 한번
봅시다.

지금쯤 병원엔
도착했으려나.
별거 아니어야
하는데….

이 문
안 낡았는데요?

네?

여기가 엿가락처럼
휘었잖아요. 이게
낡는다고 막 휘는
소재는 아니거든.

툭툭

학생이
부쉈어요?
손힘이
대단하시네.

아,
아뇨….

힘으로 부쉈다고?
준오는 분명
한 손으로 가볍게….

…그게 가능해?
깁스까지 했는데?

125

형!

오래 기다렸어?

별로.

물어보고 싶은 게 있다니 웬일이야?

서서 얘기하긴 좀 그러니까 일단 걷자. 햄버거라도 사 줄게.

혹시…

준오 얘기 하려는 거면 나도 묻고 싶은 게 좀 있는데.

형이 먼저 할래, 내가 먼저 할까?

기분
좋은가 보네….

당연하지!
방해받을 일
없이 단둘이
만났으니까!

그냥 좀 궁금한 게
생겨서 부른 거야.

얼굴 부기는
빠진 것 같고…,
몸은 어때?

링거 맞고
며칠 쉬었더니
나았어. 너는?

뼈 한두 대 정도는
아무것도 아니지.

도와준 건 고맙지만 다치는 거 쉽게 생각하지 마. 가족들도 걱정하잖아.

나랑은 상관없어.

'내 가족'도 아니고…,

그쪽에서 걱정하는 건

내가 아니라 진짜 준오의 몸이지.

08
갈등

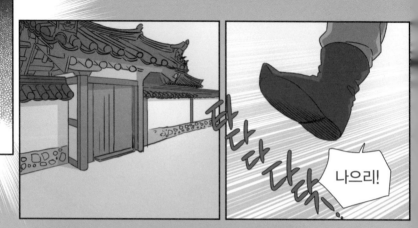

나으리!

나으리!

사다함랑께서
오셨습니다!

날씨가
제법 좋구나.

다과라도
좀 들겠느냐?

괜찮습니다.
여쭐 말씀이 있어
들른 것뿐이라서.

흑

한동안 코빼기도
보이지 않더니
용건이라…

어디 들어나 보지.
앉거라.

달컹

오전에 가야인들이
사는 곳에
다녀왔습니다.

가야 계집 하나가 소리부 어르신 댁의 약초를 캤다가 노비로 끌려갔다면서요?

그래서?

부모가 통곡하면서 사정하더군요.

대가야에는 약초를 백성이 캐면 안 되는 법은 없다고, 큰 벌을 받을 줄 몰랐다고요!

계속 서서 얘기할 테냐?

소리부 어르신께서 형님께 그 일을 맡기셨다면서요!

도둑질을 한 자는 값을 배상하게 하거나 구금으로 문책하는 것이 아니었습니까?

노비로 끌고 가시다니요!

나라의 법도도 잘 모르는 자들을 선처하기는커녕 어찌 더 큰 벌을 내리십니까?

신국 백성이라도 엄히 다스릴 일을 경감하란 말이냐? 이찬께선 외려 처음이니 엄히 다루라 하셨다.

그래서 곧이곧대로 따르셨습니까?

형님께서 소리부 어르신을 거스르지 못하는 것은 익히 알고 있었지만,

그래도 어찌…

134

저는 그렇게
못 합니다.

형님처럼
그렇게는….

정벌은 정벌,
치법은 치법.

빠득°°

네 마음은 아직
전쟁터에 있는
모양이구나.
쓸데없는 것은
잊어라.

어쭙잖게 동정한들
그들에게도
좋은 것은….

됐습니다!

이 일은 제가 알아서
하겠습니다. 형님께선
신경 쓰지 마십시오!

...

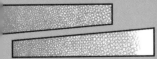

바삭

거기
누구 있소?

텅—

흠….

저벅
저벅

들어오는 건
생각보다
쉬웠지만…

욱신

발목 상태가
말이 아니야.

조심해서 움직이지
않으면 들키겠어.

숨-

그럼….

타닥

?

으…

츠악

여기까지 들어왔으니 연조가 어디에 있는지라도 알아야 하는데….

막 데려왔으니 바로 일을 시키진 않을 테고,

갇혀 있을 만한 곳이….

터벅 터벅

으… 흐윽.

!

훌쩍…

연조…!

이리 나오거라!

너를 보고자
하는 분이
계시는구나.

약초를 훔친
가야인이 이 사람이
맞습니까?

예에.

마땅히 쓸 곳이
없었는데 사다함랑께서
마침 노비가
필요하시다니
잘되었습니다.

저야말로
감사드립니다.
값은 제대로
치르도록 하지요.

그럼 조심히
돌아가십시오.

너는 날
따라오너라.

…저희가 살 곳을
마련해 주셨던
분 맞으시죠?

그래.

오늘부터 다시
내가 네 주인이
되겠구나.

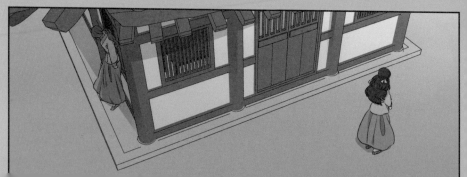

여기까지도 겨우 왔는데 다른 곳으로 간다고?

안 돼….

이대로 놓칠 순 없어!

무슨 용건이 있어 가야 계집이 이곳에서 서성대는 것이냐?

이 남자…!

절뚝

예사 계집이
아닐 거라곤
생각했지만…

콱

일격에 기절시킬
생각이었는데
피하다니….

더 이상
시간을
지체하면
놓칠 거야!

어딜
감히!

연조를
또 놓치면….

왜 그랬어! 내가 괜찮다
했는데도 왜 말리지
않은 거야…!

이대로 어디로 갔는지
영영 모르면… 나는
어떻게 살라고!

죄송해요,
아주머니….

제가 어떻게든
할게요.

어떻게든 연조를
찾을게요….

145

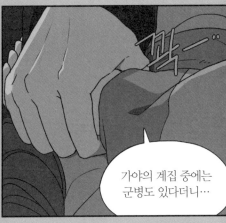

가야의 계집 중에는
군병도 있다더니…

직접 보는 건
처음인걸?

연조야….

흑흑

흑흑…

연조야, 연조야…

아이고…

그만 울어, 이 여편네야! 세상이 끝나기라도 했어?!

당신은 어떻게 그렇게 아무렇지도 않아요?!

아무렇지 않을 리가 있나!

괜찮겠거니 믿는 거지. 요즘 같은 때에 안 죽고 키운 게 어디야!

남의 눈칫밥 먹는 게 쉬운 줄 알아요?!

난 그렇게 안 돼요!

걱정 말래도….

정 그러면 뭐, 아까 그 사다함이란 도령이 잘해 주겠지!

신라인을 뭘 보고 믿어요?

그래도 우리 살 곳까지 마련해 준 사람이고…

그, 그래! 이타도 연조를 찾아봐 주겠다고 하지 않았나!

마침 자네 친구를
대신할 사람이
필요했으니 잘됐어.

대신?

좋아.
벌을 주지.

그래. 윗사람이
추포한 죄인을
함부로 데려가는
어떤 무모한 놈
덕분에 말이야.

그 영감이
알게 되면 어쩌려고
그런 짓을 벌이는지….

멍청한 놈,
따라와 보길 잘했지.

이렇게 된 이상
대역을 내세우는
수밖에.

그래…,
살아 보니
어떻더냐?

네?

신국의 땅에서
사는 일에
어려움은 없더냐?

더가

어려운 점은…
아주 많죠.

법도와 예절이
달라 어렵고, 살던
집도 농사짓던 땅도
아무것도 없으니
먹고살기 어렵고,

엄마가 다쳤는데
상처를 치료할 약초
한 뿌리 구하기 어렵고,
모든 게 다 어렵네요.

….

그 약초라면
내가 구해다 주마.

정말로요?!

깜짝

정말로.

내가 모든 것을
좋게 만들어 줄 순
없겠지만,

반드시 너희를
이 땅에 살게 한
책임은 질 것이다.

어떤 대가를
치르더라도.

그 가야 계집을
네게 달라…?

그렇습니다.
담엄사에는
지금 일손이
넉넉하다더군요.

희귀한 일이로구나.
네가 내게 노비를
달라니.

최근 제법 고생하고
있지 않습니까.

이 정도 상은
받아도 될 것
같아서요.

흐음….

약초를 훔친
그 계집이렷다?

그러합니다.

대역이라니…,
연조 행세를 하란
말씀이십니까?

그래. 어차피 한 번
본 가야 계집의 얼굴을
굳이 기억하실 분은 아니다.

너만 조용히 있는다면
사람이 바뀌었다 해도
눈치채지 못하실 거야.

수..

그런데
어째…

꿀꺽…

지난번 보았을 때와
인상이 달라진 것 같은데.

…그래.

네 하고 싶은 대로
하거라.

감사합니다.

슬슬 다음 일도
진행해야지
않겠느냐.

다음 일?

예,
처리하겠습니다.

너는 늘 일을
무르게 처리하는
구석이 있었지….

하지만 나는 네가 더
냉정할 수 있으리라
믿는다, 도하야.

지금 갑니다, 나으리!

곧장 귀택하십니까?

오냐.

어라?

웬 처자를 데리고 계십니까?

인사하거라.

오늘부터 우리 식솔인…

이타라 합니다.

집안 북적이는 게 싫으시다더니 웬 변덕이십니까?

그럴 사정이 있었다.

아, 난 덕소라고 해.

난 아버지가 금관가야 사람이신데!

덕소….

그럼 이만 가 보지. 또 봄세.

살펴 가십시오, 나으리.

저 사람 낯이 익네….

아줌마!
아저씨!

저 왔어요!

연조야!

정말로 왔네,
정말로 왔어!

연조가
왔어?!

벌컥

엄마!

이…

망할 것아!
그렇게 하지 말란
짓은 왜 해! 왜!

철썩

내가 너랑
네 아빠 때문에
속 터져 죽는다,
속 터져 죽어!

아!

철썩

철썩

아프잖아!

아프라고
때리는 거야!

짜악

시장 나갈 때만
입고 다니고, 말투를 듣고
알아챌 수 있으니까
시장에서는 가능한 말을
적게 하래.

그리고 엄마
상처 치료할
약초들도…

그
댁에서는…

신라인처럼 보이면
물건이 안 팔리진
않을 거라고 하시더라고.

잘 대해
주시던?

내가
갖고 온 것들
좀 봐 봐!

쟌―

잘 못 대해 주시면
내가 이렇게 해 올 수
있었겠어?

내가 예뻐서
더 잘 해
주시나 봐.

끙…

….

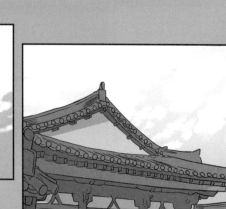

미쳤군.

미쳤어….
미친 게
틀림없어!

이찬 어르신이
구금한 죄인을
멋대로 빼 오는
멍청이가 여기
있습니다!

….

알천에서 계속 살
생각은 없는 모양인데
가야인들을 데리고
새로운 나라라도 건국할
생각일까요?

그만해,
무관.

난…
도하 형님이
무슨 생각을
하시는 건지
모르겠어.

아무리 소리부 어르신의 명이라지만 그런 부당한 일을 하시다니, 그럴 분이 아니었는데…

형님에겐 형님의 입장이 있으니까… 그냥 너랑은 방법이 다른 거야.

모든 사람이 너처럼 정론을 추구하진 않잖아.

원칙에 어긋난 부당 행위야. 부정이라고!

네가 어떻게 생각하든 형님에겐 최선의 선택일 수 있다는 거야.

가령 대가야 정벌 때도 말이지….

네가 다한 최선은 이기면서도 그들의 긍지를 지켜 주는 거였겠지만,

형님의 최선은 긍지를 꺾어서라도 그들을 살리는 것이었으니까.

그게 무슨 소리야?

반군 수장의 목을 베어야 병졸들 사기가 떨어져서 순순히 투항하고.

그래야 아군도 포로도 많이 살릴 수 있다고 형님이 말했었어.

…나한텐 아무것도 말씀 안 하셨어.

왜 그러셨는지 몇 번이나 물었는데 나한텐 아무 말도….

그건 아마…

형님이 널
각별히 여겨서….

사다함은
정치인의 귀감은
못 될 성정이지만,

주변을 살피지 않고
올곧은 그 점이 바로
강점이기도 하지.

지금은…

그대로도
좋을 것 같구나.

나으리의 관등은
'파진찬'이오, 존함은
'도하'라 하신다.

대가야 장군
한욱이라 했던가?

사석에서도
몇 번 대면한 적이
있었지만 네 얼굴은
처음 보는구나.

…무슨
말씀이십니까?

너에 대해
좀 알아보았다.

장군댁의
사병이었다지.

참 이상한 일이로구나.
필경 지도층과
그 수족되는 자들은
북쪽 변방으로
쫓아냈을 터인데…

타박‥

하물며
모반을 일으킨 장군의
일가로 처형당해
마땅한 네가,

아무렇지도 않게
대가야 백성들 사이에
섞여 있다니.

장군의 친딸인
한리타와 자매처럼
자랐다지? 어찌
도망친 것이냐?

장군이
고아 계집을
주워다 딸과
함께 키웠다.

네 이름이 비슷한 것도
그 때문이라, 가야인들에게
조금만 물어봐도
알 수 있을 정도로
유명한 이야기던데,

자신을 거둬 준
은인 일가를 두고
혼자 달아난
것이냐?

학

아니면,

이타는
은혜를 갚고

한리타가
도망친 것이냐?

169

잘 기억해 두거라.
밖으로 나가거든
북동쪽 성벽을 향해
곧장 십 리를
걸어라.

마른 우물 옆 나무
아래에 하인 하나가
말 한 필을 끌고
너를 기다릴 것이다.

믿을 만한 하인이니
그자가 맡아 둔 패물을
가지고 함께 백제로
달아나거라.

그럴 수 없어요,
어머니.

가능한 빨리 대가야 땅에서
멀어지되, 혹시 누가 너를
알아보거든 한리타가 아니라
그 호위 사병인 이타라
하거라. 알겠느냐?

갈 수 없다지
않습니까!

아버지께서 전장에 계신데,
함께 나가 싸우지는
못할망정 어찌
가문의 명예를
실추하라 하십니까!

휙!

가문의 명예라
하였느냐?

나라가 없어지고
집안이 망할 때,
사람은 죽어도
명예는 살아남는단
말이냐?

네가 죽으면 지킬 것도
없어진다. 귀천도, 명예도,
가문도 죽고 나면
아무런 소용이 없는
법이다.

살아야 한다,
한리타야.

네가 진정 가문을
위한다면, 살아남아서
혼례도 치르고 아이도 낳아
가문을 번창시키거라.

부디 천수를
누려다오.

탓

탓…

하인 하나가
말 한 필을 끌고
너를 기다릴 것이다.

싸아아

없어….

아무도
없어!

아버지가 원하시는 대로 명예롭게 죽지도, 어머니가 원하시는 대로 달아나지도 못하고….

보아라!

여기에 반군 수장의 목이 있다!

…무,

무슨 의도로
그런 말씀을
하시나요?

의도라니?

제가 장군의 딸이라
확신하신다면,
왜 고발하지 않고
제게 말씀하시는 거죠?

왜 그리
생각하시는지
모르겠지만,
저는…

이제 보니 그냥
똑똑이가 아니라
헛똑똑이로구나.

발뺌하고 싶은 모양이지만 너는 장군의 딸이 맞다. 틀림없어.

귀하게 태어나 귀하게 자랐는데 그것을 어찌 감추겠느냐?

염려 말거라. 고발할 생각은 없으니.

그럼….

이미 대가야 정벌은 끝이 났고….

쓸데없이 목숨을 하나 더 버릴 필요는 없겠지.

아무렴 못 배운 시늉은 못 하는 모양이니, 너도 네 친구를 돕고 싶다면 몸을 잘 사리는 것이 좋을 것이다.

지난번처럼 모두가 보는 앞에 나서는 일이 또 생긴다면 누구라도 네게 호기심을 가질 터이고….

그렇게 되면 너에 대해 아는 것이 나로 그치겠느냐?

타박!

그때, 제가 뭐라 아뢰었는지 기억하시나요?

그날 병이 옮았다는 자의 집에 찾아가 보았으나 병색이 없이 건강해 보였습니다.

…그런데

나으리의 하인을 쏙 빼닮은 자가 자색의 관복을 입고 그 신라인의 집에서 나오더군요….

덕소가
맞을 것이다.

네?

그 신라인 집에
찾아간 것이 덕소가
맞다 했다. 그것이
궁금해 물은 것이
아니더냐?

…

그래서 그 병 걸린 행세를 하던 말득이라는 노인은 어쩔 것이냐?

노잣돈을 두둑히 챙겨 줬겠다, 연고지도 없으니 내일 서라벌을 떠나 돌아오지 않기로 약조했습니다.

살려 보내겠다고?

가야인을 이간질하는 데 신라인까지 죽일 필요가 있겠습니까?

전염병을 기정사실로 만들면 나머지는 백성들이 알아서 할 것입니다.

자신들을 병마 취급하는 신라인들을 피해 가야인들이 떠나게 되겠죠.

그럼 이만 귀택하겠습니다. 정오에 사병들을 보내 주십시오.

오냐.

…

지금 당장
말득이라는 노인의
집으로 가서,

그자를 죽이거라.

누군지
알아볼 수 없도록
만들어야 한다.

예, 어르신

제 아내 초상 치를
때에는 본체만체하던
놈이… 이런 일에는
여전히 무르구나.

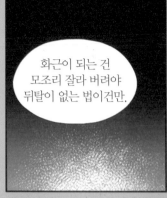

화근이 되는 건
모조리 잘라 버려야
뒤탈이 없는 법이건만.

내가
언제 그걸
가져오랬더냐?

누가 빨래를
그리 하던!

지금 요리를 하는 게야,
채소를 버리는 게야?

앗!

도무지
눈을 씻고 봐도
쓸 만한 구석이라곤
없구나!

당장 우물가에
가서 물이나
길어 오너라!

일을 못하면
힘이라도
써야지!

더 늦기 전에 어서 가지 못해!

네!

?

집 우물 안 쓰고 왜 밖으로 내보내요? 도망가면 어쩌려고.

이 야밤에 지가 도망가 봤자 어딜 가겠어?

하는 일마다 망쳐 놓으니 아주 괘씸해. 저런 건 초장에 혼쭐을 내어야 정신 바짝 차리고 일을 하지!

나으리는 어디서 저렇게 일도 못하는 것을 데리고 오셔서는…

…

이럴 줄 알았으면 집안일이라도 배워 둘 것을. 제대로 할 줄 아는 게 없구나.

할 줄 모르는 것이 뭐 어떠니. 연무하던 아가씨니 이런 것은 서툰 게 당연하지.

그 신라인 집에 찾아간 것이 덕소가 맞다 했다.

이미 대가야 정벌은 끝났고, 쓸데없이 목숨을 하나 더 버릴 필요는 없겠지.

그자가 정말 가야인에게 병이 옮았다고 소문을 내도록 그 노인을 사주한 걸까?

타박

말은 매섭게 해도 나쁜 사람 같진 않았는데….

바…, 방금
그건…!

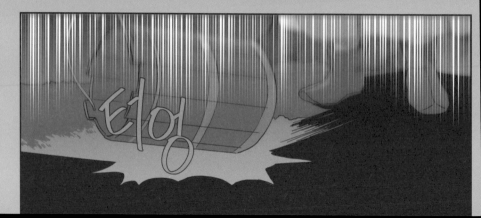

파스

잠깐…
무슨 소리가
들린 것 같은데.

저벅

…

저벅

저벅…

빠악

아악!

무슨 일이야?

저, 저 계집이…!

계집?

나으리!

이년이 물을
길어 오랬더니
빈손으로….
물동이는 왜 또
하나뿐이야?!

나으리….

조용히 하거라! 내가 일러 준
것들을 잊은 것이냐!

사람이…,
사람이
죽었습니다,
나으리!

괴한 두 명이
어떤 노인을
살해했다고요!

…살해라고?

사아아

이미 흔적도
안 보이는구나.

뚝

피가
묻어 있군.

그자들의 인상착의는
기억하느냐?

읍

온통 검은 옷에
얼굴을 가리고 있어서
잘 못 봤지만…

한 사내의 관자놀이와 이마에 타상이 남았을 텐데, 그걸로 찾아낼 순 없을까요?

타상?

갑자기 제가 있는 곳으로 다가오기에

물지게로 매질을 해 주었나이다.

때렸다고?

네.

무기를 든 괴한을 물지게로?

…네.

하….

하하!

하….

왜 웃으십니까?

아무리 연무를 배웠다지만
겁이 없는 건지, 멍청한 건지,
그것도 아니면 난폭한 건지…

정황상 어쩔 수
없었어요!

그래서,
그자들은
네 얼굴을 보았느냐?

…그건 잘
모르겠습니다.

몸 사리라 말한 지
반나절도 되지 않았건만.

어차피 시체고 뭐고
다 사라졌으니
이만 돌아가자.

날이 밝으면 이 건은
내가 직접 관아에
알아보도록 하지.

혹시 모르니
너는 당분간
바깥출입을
자제하도록 하고.

타박

오셨습니까,
파진찬 나으리.

이찬 어르신께서
보내셨습니다.

그래,
알고 있다.

그중 한 사내의 관자놀이와
이마에 타상이 남았을 텐데
그걸로 찾아낼 순 없을까요?

살려
보내겠다고?

타닥

탁…

혹시나
했건만….

역시 내가 하는 대로 가만히 두질 않고,

결국 독사 같은 영감이 노인에게 손을 대었구나….

말득이 할아버지 집에서 뭘 태우는 거래요?

할아버진 어딜 가고 웬 관리들이….

가야인들한테 병 옮아서 앓더니, 그새 죽은 거 아니야?

에이, 설마요!

그런 게 아니고서야 왜 관리가 와서 물건을 태워? 역병 환자가 쓰던 물건이니까 역신이 깃들어서 태우는 것 아냐!

그럼 가야인이 역병을 옮긴다는 게 정말이란 말이에요?

무서워서 어떻게 살아…!

사다함랑은 왜 하필 저 천박한 자들을 여기에 살게 하셔서….

09
사과

그쪽에서
걱정하는 건
내가 아니라
진짜 준오의 몸이지.

민오야!
여긴 웬일이야…?

…방금

준오가 한 말 뭐야?
너희 무슨 얘기하고
있던 거야?

들렸구나….

아,
그게…

쯧!

형이랑 상관없다고
내가…

지원 선배!

지원 선배
일 때문에!

지금 경찰서
가던 중이라서…
나중에 보자!

…

지금 꼭 자기가 진짜
준오가 아니란 듯이
얘기하지 않았어?

내가 물어본 거
잘 생각해 봐.

요즘 준오가
다른 사람처럼
보인 적이
정말 없는지…

난 형하고
할 말 없는데.

너…

준오
맞지?

뜬금없이
무슨 소리야?

…그러게
말이다.

바보 같은 소리인 거 아는데,
낮에 너랑 영화가 했던
대화가 마음에 걸려서.

형.

누나랑 내 사이만
방해하지 마.

···그 순간

지금까지 묻어 왔던

위화감이 불쑥 고개를 들었다.

형은 왜
여자 친구
안 사귀냐?

쓸데없는
소리 말고
숙제나 해.

친구네 형 여친은
요리도 해 주고
그런다던데.

요리는 내가
해 먹으면 되지.

한민오 어쩌냐~.

이 나이 먹도록
아직 여친도
못 사귀어 보고.

쪼그마한 게…
넌 있냐?
넌 있어?

아!

예비 여친은
있는데.
사진 볼래?

갑자기 웬
여자 친구 타령인가
했더니만.

확실히 내가 알던 동생이랑은 다른 사람 같네.

잘 자라.

탁‥

…

이지원이.

너무 겁먹지 마, 인마. 동생 일은 무혐의니까.

목격자 없지, 증거 없지, 고의도 아니고.

그 여학생 건이 문제지.

왜 그랬어?

아!

뭐든 좀 말을 해야 진행이 될 것 아니야!

울컥!

애인끼리 싸웠으면
화해하라고 주의라도 주지,
이건 뭐 피해자도
자기가 왜 당했는지
모른대고….

마,

맞아요.

그, 그거예요!

엉?

강영화랑 저랑
사귀는 거 맞다고요.

제 여자 친구예요!

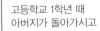
고등학교 1학년 때
아버지가 돌아가시고

엄마는 다섯 번도 넘게
혼절을 했다.

하아

식당 밥 질리고
맛없어.

식당에서
그런 소리
하는 거 아니야.

사 먹을 거면 그냥
햄버거 같은 거
먹으면 안 돼?

어제 먹었잖아.
그리고 넌 그런 거
많이 먹으면
안 된다니까.

어차피 우리가
뭐 먹는지 엄마는
모를 텐데, 뭐.

꿀꺽

208

엄마가 알든 모르든 몸은 챙겨야지.

불평 그만하고 먹어.

형이 나중에 요리 배워서 집에서 밥해 줄게.

형이 하는 것도 맛없을 거 같아.

얼른 먹으라니까.

아버지의 유언은…

'네 엄마는 너무 심약하고, 준오는 심장이 안 좋으니

네가 아빠를 대신해서 둘을 잘 보살펴 줘라.'였다.

내가 잘해야 해.

내가 더 잘해야 해.

…동생도
곧 중학생이고,

이래저래
집에 신경 쓸 일도
많아서…

별 이상한 꿈을
다 꾸네….

탁

밥 먹지,
또 우유로
때우려고?

이거면 돼.

엄마.

준오 말이야…

요새 좀
변한 것 같지 않아?

네가 보기에도
그래 보이지?

!

요즘 많이
밝아졌어.

학교에서 전화도 오고,
영화 일로 다치기도
해서 어쩌나 했는데.

갈수록 대답도
잘하고 기운 차리는 것
같아 다행이야.

…그래요.

여자 친구라니…

무슨 말도
안 되는 소리예요?!

저 진짜
죽을 뻔했어요!
그걸 믿으세요?

아니 뭐,
나도 딱히
믿는 건 아니고….

그래도 아가씨,
잘 생각해 봐.

살인 미수로 넣기엔
증거가 너무 부족해서
기껏해야 폭행죄밖에
안 될 거야.

저 남학생 팔 심하게 다쳤으니 합의하든 어쩌든 재판 넘어가겠지만,

이지원 지금 상태 보니까 제정신도 아닌 것 같던데,

정신 감정해 보고 문제 있으면 끽해야 벌금형일걸.

선후배 사이에 오해가 있어서 그런 일이 있었나 본데,

불쌍하게 봐서 아가씨가 합의 한번 생각해 봐.

뭐야, 그럼…

그런 꼴을 당하고도 할 수 있는 게 없다고?

가족들과 뿔뿔이 흩어져 살다 동생 상까지 그렇게 치르고.

그쪽 사정도 딱하게 됐던…

철컹

뭐…, 뭐야?
이 녀석!

그럼 내가 당한 것처럼
내가 그 이지원 팔을
해코지하면 어떻게
되는 건데?

나도 돈만
좀 내면 되나?

이 자식이
어디서 난동이야…!

무슨 힘이
이렇게 세?

그만해!

경찰한테
그러는 거 아니야.
놔 드려!

어서!

...

헉...

뭐 이런...!

네가 피해자면 형사한테 막 해도 되는 줄 알아?

머리에 피도 안 마른 게 어딜 반말을 찍찍…!

왜요!

어차피 미성년자라 크게 처벌하지도 못하잖아요?

피해자 입장에서 화가 많이 났던 모양인데, 불쌍하게 봐서 형사님도 한번 봐주시죠!

!

애초에 이 자식 왜 혼자 온 거야? 보호자는 뭘 하고….

어쨌든,

전 합의는
됐어요.

법대로
처리해 주세요.

그럼
수고하세요.

뭐….

이봐,
아가씨.

대체 넌 무슨 생각을 하는 거야?

뭐가?

왜 경찰 멱살을 잡고 그래!

잘못이 명명백백한데도 봐주란 식으로 말하니까 화나잖아.

죽을 뻔한 건 누난데.

네가 어린애도 아니고 화도 못 참아? 그렇다고 맘대로 해서 뭐가 달라져?

괜히 일만 더 커질 뻔했잖아!

누나는 언제나
날 보면 화만
내는구나.

뭐?

난 누나가
시키는대로
얌전히 지내고
있는데.

내가 누나랑
같이 있을 시간이
필요하다고 말했는데도

누나는 좀처럼
나랑 같이 있으려고
하지도 않고,
그놈의 부적도
몸에서 떼지 않잖아.

불공평해.

누구한텐 늘 바보처럼 실실 웃으면서.

바보라니…!

을컥

지금 민오 얘기하는 거야?

…

…너한테 나쁘게 대하려던 건 아니야.

같이 있어 달라고 해도 난 널 잘 모르고, 넌 늘 의미 모를 소리만 하니까…

어떻게 대하면 좋을지 어려워서 그래.

도와준 건 정말 고맙게 생각해.

…그래도 좀 전에 화낸 건 네가 잘못했기 때문이야!

이거랑은 상관없어!

…응.

그럼 날 도와주는 거야?

그게 정말 너한테 도움이 된다면,

같이 시간 보내는 거 노력해 볼게.

좋아.

…그럼 웃어 봐.

뭐?

웃어 보라고.

다른 사람한테는 잘 웃잖아. 이렇게!

하지 마!

223

아프잖….

웃음이 나와야
웃지. 억지로
웃는 게 좋아?

난 그래도
상관없어.

뭐라는 거야,
얘가 진짜….

이거
놔 봐….

….

또 뭐 하고 있는 거야?

아, 그게 경찰서 다녀오는 길이라서….

어제도 경찰서 간다지 않았어?

움찔

어제도 가고, 오늘도 가고.

…어쨌든 마침 잘 됐네.

지금 영화 너 만나러 너네 집 가려던 참이니!

나 보러?

꽈악...

응?

...

팔을 놔
줘야지.

나랑 있어
준다며,
어딜 가?

24시간 붙어 있겠단
소리가 아니잖아!

어차피 각자
집에는 들어가야지!

알겠어.

슥

하지만 형하고
단둘이 있진
않는 게 좋을걸.
위험하니까.

민오가
위험하다고?

혹시
모르잖아.

지난번 그 남자처럼
누날 갑자기 죽이려
든다거나…

또 무슨 말도
안 되는
소리야!

226

나 말곤
아무도 믿지
말란 말이야.

누나는
모든 생에서

언제나
살해당했으니까.

이번엔 내가
옆에 있으니까
괜찮을 거야.

내가
필요할 거라고
했지?

기…,
기분 나빠….

모처럼 정 주려고
노력하고 있는데,
왜 저런 무서운 소리를
하는 거야?

대체 쟨
무슨 생각을
하는 건지….

가자.

…

이제 오니?
형사가 뭐라던?

그 자식 콩밥
먹여 준대?

아니,
합의 보라길래
싫다고 했어.

타박

합의이이이이?
그게 무슨 말도
안 되는 소리야!

형사가 합의
권고해도 된대?!

몰라!

지금은 민오
왔으니까,
이따 얘기하자.

구박

휴….

쿵

지원 선배 일
잘 안 됐어?

아직은 잘 몰라.
재판 가 봐야
알지, 뭐….

앉아.

마실 거라도 갖다 줄까? 주스?

괜찮아.

····

끼익

기분이 안 좋아 보이네···.

나 만나러 왔다며, 무슨 일인데?

준오랑은 대화가 잘 안 돼서···.

준오?

들어오기 전에 준오랑 무슨 얘기했어?

···별 얘기 안 했는데.

왜?

230

준오 관련해서
나한테 뭐
말할 거 없나 해서!

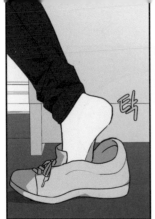

준오야!

경찰서 갔다면서?

응.

좀 전에 형사님이 전화하셔서 다음에는 꼭 같이 오라고 하시더라.

왜 엄마한테 말 안 하고 혼자 갔니?

혼자 간 거 아냐. 영화 누나랑 갔어.

영화가 보호자는 아니잖아….

점심은 먹었고?

아직.

엄마도 아직인데 같이 점심 먹을까?

오랜만에 고기도 좀 굽고….

232

타아악

....

자!

텅

우리 아들
좋아하는 반찬!

모처럼인데
네 형도 같이 해서
셋이 먹었으면
좋았을걸. 그치?

...응.

그래도
너 중학교 때까진
다들 바빠도
저녁은 꼭 같이
먹었는데.

요샌 통
그럴 일이
없네.

제대로 밥 챙겨 준 것이 별로 없었지.

익숙한 맛….

네 아빠 그렇게 가고 나서는 한동안 민오가 알아서 네 끼니를 챙겨 줬었지.

우물 우물

한 번은 형이 한 밥이 너무 맛없다고 병원까지 와서 떼를 쓰길래

병원 밥 나눠 먹다가 네 형한테 들켜서

둘 다 엄청 잔소리를 듣기도 하고 그랬는데.

기억나니?

끌꺽-

…응.

그러고 나서 형이 맛있게 못 만든 건 미안하지만 엄마 병원 밥은 뺏어 먹으면 안 된다고 했었어.

내 기억이 아니라 한준오의 기억이지만.

내가 온전히 가지고 있는
내 기억이라고는

억겁의 시간 동안

그 여자에게 끌려다니며 봤던
살인의 기억들뿐이니까.

어때?

안 짜니?
입에 맞아?

…맛있어.

…왜 대답이
없어?

진정…,
진정해.

민오 눈에도
이상해 보일 거란 거
알고 있었잖아.

사실대로 다
말해야 하나?

꽈악

하지만 그걸
뭐라고 말해?

어디서부터
설명해야 하는데?

…왜 그런 걸
물어?

그야…

퇴원한 후부터
갑자기 너한테 친한
척하기 시작했고,

네 얘기를 할 때면
어디 고장 난 것처럼
같은 얘기만
반복하니까.

너라면 뭐든
알고 있을 것
같아서.

내가 해코지라도
할까 봐?

우리 '형'이랑
'엄마'한테는
그런 걱정
안 드나 봐.

민오가 알게 되면
민오가 피해 입을 만한
짓을 하는 걸까?

하지만 몇 번이나
구해 줬는데.

이번에는
내가 곁에 있으니까
괜찮을 거야.

민오는
준오 형인데….

…영화야?

사.
사실은….

사실 준오가…
나한테 뭘 좀
도와달라고 했는데,

그게…

자기가 준오가 아니라
다른 사람이라고
생각하는 거
같았거든….

너한테
얘기해야겠다고는
생각했는데,

나도 상황이
잘 이해가
안 가서….

어?
금방 왔네?

뭐야?

?

따라
나와.

왜 그러니?
어딜 가려고?

너희 지금
싸우니?

뭐야,
형!

무슨
일이냐니까!

민오야,
잠깐…

지금 이거
무슨 상황이야?

너 지금 병원 가야 돼.
검사받을 거야.

병원?
검사?

또 무슨
개수작…

!

잠깐만
기다려 봐!

일단 진정하고
얘기 좀 하자.
응?

여기서 더
무슨 얘기가
필요해?!

애가
이상하다며!

그럼 진작
나한테 말을
했어야지!

이제 겨우
몸도 나아지고

엄마도
안심하나
했는데….

내가 한준오가
아니라고 말한
모양이네?

예나 지금이나
거짓말에는
재주가 없구나.

사실대로
말했어도
상관없어.

애초에 준오처럼 행동하지 않으면

누나가 날 도와주지 않겠다고 해서 그런 행세를 한 것뿐이니까.

뭐?

뭐 오히려 좋겠네. 귀찮게 거짓말할 필요도 없어졌고.

준오 너…!

그래, 맞아. 나 준오 아니야.

….

네가 정말 제정신이 아니란 건 잘 알겠다!

어서 병원에….

형은 안 믿어도 상관없어. 누나가 나랑 같이 있어 줄 테니까.

그렇지? 약속했지?

해…, 했지….

너 지금 쟤한테 장단 맞춰 주는 거야?

저 소리를 믿어?

….

….

…좋아.

그럼 일단
병원부터 가서,

검사받아 보고
문제없으면
네 말 믿어 줄게.

....

안 믿어도
상관없다고
말하지 않았나?

난 누나만
있으면 돼.

아니.

우리 집에서
내 동생인 척 살고 싶으면
내 도움도 필요할걸.
어쩔래?

이게…!

자자자잠깐만!

!

안 돼!

민오가 하는 말
틀린 거 없잖아.

난 너 믿고
도와준다고 한 거니까
그렇게 시도 때도
없이 손 올리지 마!

…쯧.

가자.

…어?

병원.

어라…,
말 듣네?!

그럼
나중에 보자.

…화내서
미안해.

…나야말로,

아무 말도
안 해서 미안해.

네,
여보세요~.

여…,
여보세요?

나연이…,
임나연 맞지?

맞는데…,
누구신데요?

나야.
이지원.

이지원.

......

......

여보세요?

무슨
일이신데요?

아 그게,
영화하고 연락이
안 닿아서….

선배가 왜
영화한테
연락을 해요?

이래저래 오해가 쌓였고
사과하고 싶거든.

미안하면
연락을 하면
안 되죠.

아냐, 아냐. 그런
게 아니라….

나 이제 재판도 끝났고
벌금도 전부 냈어!

죗값을 다 치뤘는데,
이렇게 넘어가려니
마음에 걸려서 그래!

그래서 사과하려고…

미친 놈!

퍽!

퍼걱

하아 하아

하ㅡ

사과하려는 거야…

꾸역 꾸역

사과하려는 거라고! 사람을 뭘로 보고…!

젠장!

내가 누구 때문에 전과가 생겼는데….

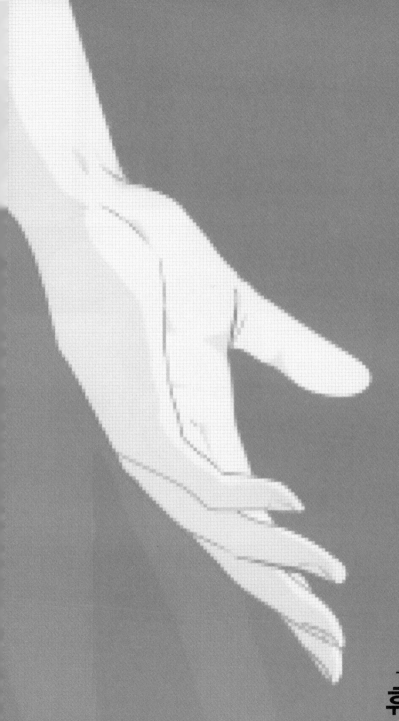

10
휴일

아, 빠져나갔네.

다시,
다시….

깜빡…

민오랑 영화 보러
나간다며! 뭘 그렇게
오래 붙들고 있어?
엄마 화장품
쓰지 마라!

내 거 쓰거든!
여기가 화장하기
편해서 여기서
하는 거거든.

그렇다면야 뭐.

그런데…

평소보다
화장이 좀
두껍다?

너무
오버했나?

딴 맘 있는 거
티 나는 거 아냐?

하지만…

영화 보여 주기로
했던 거 이번 주말에
어때?

그럴까?

둘이서 영화 보는건
오랜만이네.

기대된다.

기대된다….

다른 뜻은
없었겠지만….

기대된다….

기대된다….

미안, 말했어야 했는데

아, 아냐. 괜찮아.

나오는 길에 갑자기 너 만나러 가는 거냐고 따라오겠대서.

이번 주중엔 거의 못 만났잖아.

아, 그래.

데이트가 아니긴 했지만 정말 둘 다 때려 주고 싶다.

휴….

먼저 고르고 있어. 화장실 다녀올게.

하아아아….

형이랑 둘이 아닌 게
그렇게 아쉬워?

단둘이 있지 말라고
했잖아. 위험하다니까.

…

의심할 만한
사람을
의심해야지.

민오는
아니거든!

그 선배란 사람을
그럴 만해 보였고?

그건…
아니지만….

넌 나한테
도움받아서
천도하고
싶다면서!

내가 누구랑
있는지 신경 쓰는
것보다는 너의
기억이나 떠올려
보는 게 어때?

내가 도움받기 전에
누나가 죽으면
말짱 도루묵이니까.

누나야말로
같이 있는 걸
어려워하는 남자나
포기하는 게 어때?

256

뭐?

아, 하긴 이미
거절당했지.

무슨 소리야?
민오가 내 얘기해?

나랑
있는 거
어렵대?

뭐 그런
소리 했어?

...목숨이
오락가락한다고
예고된 상황에서
남자한테 신경이
쏠리다니
대단하네.

뭐라고!

무슨 얘길
그렇게
신나게 해?

아, 아니!
별 얘기 아냐!

메뉴 정했어?

여기 알리오올리오라는 국수로!

파스타겠지…, 개그냐?

영화 넌?

아, 나는….

이걸로….

신경 쓰지 말자.

원래 이상한 소리를 많이 하는 앤인데 일일이 신경 쓰면 나만 손해지.

민오랑 내가 친한 것도 탐탁잖은 거 같고.

빠앙…!

응성

TICKET BOX

응성

팝콘 사?

난 패스….

그럼 작은 거 하나만 사 올게.

같이 가.

준오랑 거기 앉아서 기다려.

표도 뽑아 올게.

뚱

아무리 데이트가 아니라지만 이건 뭐 보모도 아니고….

저것 봐. 다 못 든다니까.

그러게
같이 가자니까….

…

인기
많아 보이네?

…잠깐
화장실 좀.

타박

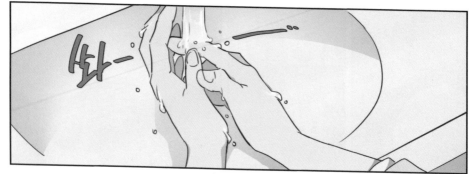

쏴ㅡ

힘주고 나온 게
한심하네….

하기야 이제 와서
잘 풀릴 거였으면
지난 6년간 무슨 일이
있었어도 있었겠지.

내가 옷을 벗고
달려든다고 해도
'그건 옳지 않아'라고
자를 것 같은 애인데….

괜찮아,
괜찮아.

그래도

…니까 낫네.

나 영화랑
둘이 있을 땐

불편할 때가
있어서.

〈낮에 뜨는 달〉 3권으로 이어집니다.

낯에 뜨는 달 2

1판 1쇄 발행 2017년 7월 14일
2판 5쇄 발행 2024년 2월 7일

지은이 혜윰
펴낸이 김영곤
펴낸곳 ㈜북이십일 아르테팝
미디어사업팀 팀장 배성원
책임편집 유현기
외주편집 윤효정 **표지디자인** 디헌 **내지디자인** 데시그
출판마케팅영업 본부장 한충희 **마케팅1팀** 남정한 한경화 김신우 강효원
제작팀 이영민 권경민 **출판영업팀** 최명열 김다운 김도연 권채영

출판등록 2000년 5월 6일 제406-2003-061호
주소 (10881)경기도 파주시 회동길 201(문발동)
대표전화 031-955-2100 **이메일** book21@book21.co.kr **내용문의** 031-955-2731

(주)북이십일 경계를 허무는 콘텐츠 리더

아르테팝 채널에서 도서 정보와 다양한 영상자료, 이벤트를 만나세요!
페이스북 facebook.com/21artepop   트위터 twitter.com/21artepop
인스타그램 instagram.com/21artepop   홈페이지 artepop.book21.com

ISBN 978-89-509-9423-5 (2권)
ISBN 979-11-7117-196-5 (SET)